实践版

限时国王游戏

［瑞典］马丁·维德马克　著　［瑞典］海伦娜·威利斯　绘
张可　译

湖南文艺出版社
HUNAN LITERATURE AND ART PUBLISHING HOUSE
小博集

这本书属于：

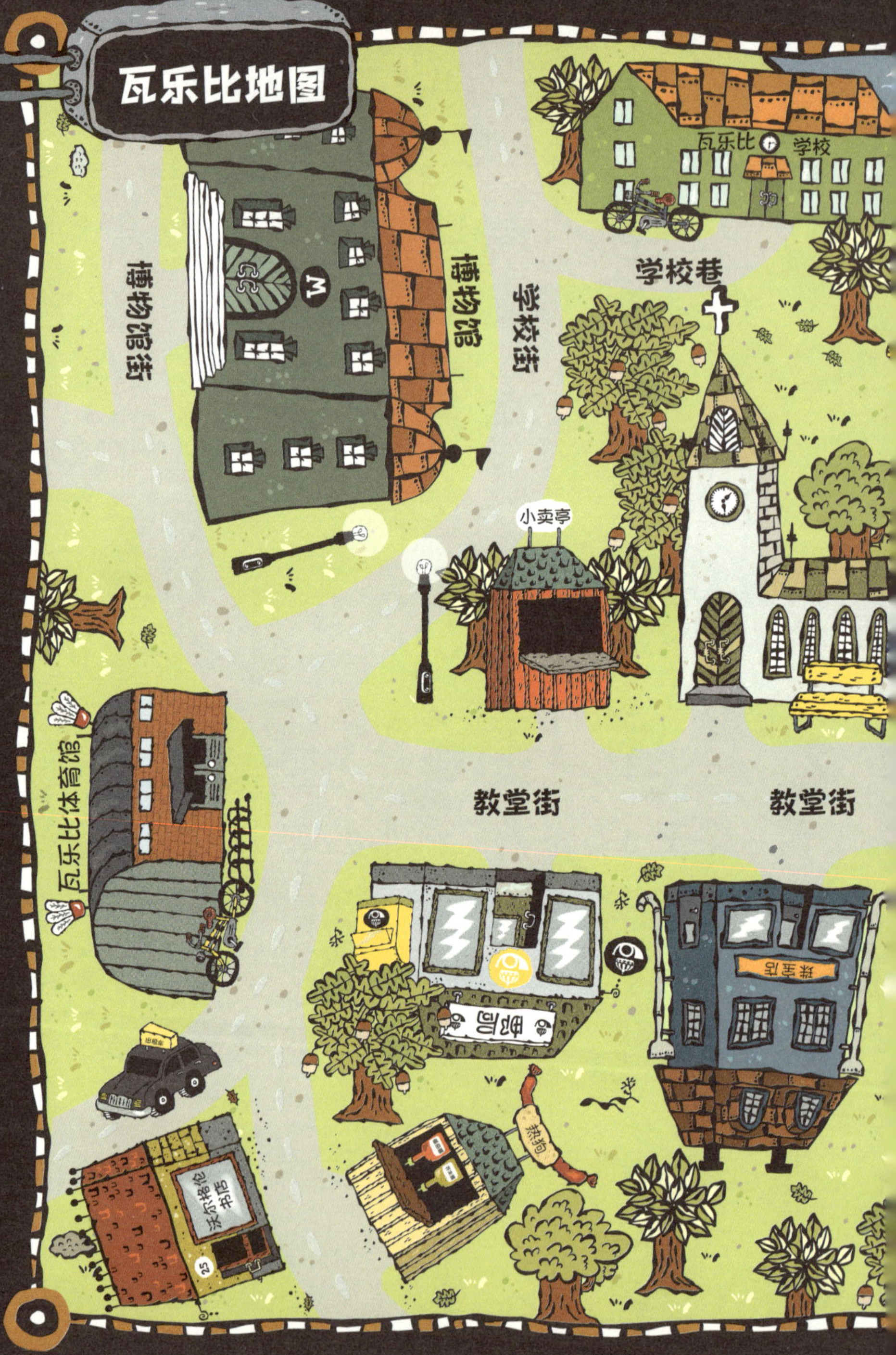

瓦乐比地图

瓦乐比学校
学校巷
博物馆
博物馆街
学校街
小卖亭
教堂街
教堂街
瓦乐比体育馆
沃尔格伦书店
热狗

码头
瓦乐比报
瓦乐比
图书馆
6
4
码头街
2
《瓦乐比报》
编辑部
宾馆
咖啡馆
大广场
里奥电影院

瓦乐比火车站
加油站
出租车
车站街
商人街
55
超市
S L
特价
银行
宠物店
游泳馆
医院街
商人街

瓦乐比建筑公司
瓦乐比
监狱
VF
铁窗巷
1915
大剧院
12
阿加顿理发店
剧院街
剧院街
30
15
横街
消防站
眼镜店
20
警察局
24
商人街
商人街

可惜只能当一天国王。怎样才能天天演奏音乐呢？
我知道！我们成立一支乐队吧！
对了！我认为我们应该叫“波罗乐队”！
我们还要去巡演！
那样的话，就需要一辆巡演大巴车……
波罗
乐队

目录

限时国王游戏 10
瓦乐比侦探赛 64
找出你自己的侦探名 70
选择你的舞台服装 72
做一把纸箱吉他 74
补全这些歌词 76
活着的雕塑 76
鲁尼的节奏方格 78
巡演大巴车装车清单 80
要完成巡演，电够用吗？ 82
钢琴游戏 85
巡演填字游戏 86
佛朗哥的清爽混合饮料 88
佛朗哥的乐队点心 89
答案 90

限时国王游戏

拉塞和玛娅坐在帕尼尼－本纳德咖啡馆里。他们选了一张靠窗的桌子，一边喝茶，一边吃三明治。

正值盛夏，可今天却是个冷飕飕的阴天。黑压压的乌云覆盖在屋顶的上空。瓦乐比城里宁静而冷清。

迪诺在清洗咖啡机，莎拉端进来一些糕点和甜面包卷，将它们摆在柜台上，这些都是利奥波德刚刚在厨房里烤好的。莎拉哼

唱着一段旋律，迪诺带着爱意看了看她。当莎拉和迪诺的目光相遇时，她给他送上了一个飞吻，又摸了摸自己的肚子。

“你看见了吗？”拉塞悄悄问玛娅。

“飞吻？”

“不是！”拉塞叹了一口气，“认真点，玛娅！你没看见吗？”

玛娅又专心致志地看了看迪诺和莎拉。

“啊哈！”最后她说，“莎拉摆放糕点的顺序和平时不一样。”

“不对，”拉塞回答，“不是这件事。”

“迪诺虽然在清洗咖啡机，但好像心不在焉？”

“不对！”

“我不知道，”玛娅只好说，“一切都跟平时一模一样。你就告诉我吧！”

“难道你没看见——”

拉塞没能把话说完，因为咖啡馆的门被人从外面推开了。

走进来的是宾馆的经理鲁尼·哈瑟伍德。他沮丧地看了看四周，然后走向柜台。

“你好啊，鲁尼。”莎拉向他打招呼。

“今天可没什么好的。”鲁尼悲伤地回答。

莎拉看着这位宾馆经理。其实，她知道鲁尼为什么会这么难过。

“今天是七月二十日。”鲁尼解释说。

“但也是盛夏里的一天，”莎拉鼓励道，“而且，我们今天还要玩限时国王游戏呢！”

“七月二十日，我的妻子就是在这一天离开我的……”鲁尼并没有把莎拉说的话听进去，只是叹息着说，“结婚后，我们一直都很幸福。”

拉塞和玛娅看了看对方。十八年前的一天，鲁尼从英国来到瓦乐比旅行。当时，他的妻子刚跟他离婚，他因此离开了自己的家和祖国。为了能坐在海边写诗，他来到瓦乐比。

“一定还会有适合你的人出现的。”迪诺试着安慰他。

鲁尼并不接迪诺的话：“这一天，是并且一直会是一个悲伤的日子。”

“一个甜面包卷也许能让你开心点。”莎拉说着，又在肚子上摸了一下。

这一回，玛娅也看见了莎拉的动作。

“现在我知道了！”玛娅急忙悄悄对拉塞说。

“很好，玛娅！”拉塞也小声回答。

“她饿了！”玛娅说，“所以她摸了摸自己的肚子。”

拉塞把身子探向面前的桌子，用手指敲了敲玛娅的脑门，说：“这里面的那位侦探难道也在放暑假吗？”

柜台那边，鲁尼摇了摇头。

“不，不要甜面包卷。”

“一块马萨林点心？”莎拉建议说。

鲁尼再次摇了摇头，说：“来一块面包干吧，谢谢。”

最后，鲁尼·哈瑟伍德拿着一个

ON
OFF

装了面包干的袋子，离开了咖啡馆。

“现在你就告诉我吧！”玛娅悄悄对拉塞说。

就在这时，帕尼尼－本纳德咖啡馆的门被猛地推开了，警察局长把头探了进来。

“你们快来！这就要开始了。”

芭布鲁·帕尔姆正站在宾馆门前的台阶上。

拉塞和玛娅向宾馆里鲁尼·哈瑟伍德的房间瞄了几眼。那个房间位于宾馆一楼，就在宾馆前台的左侧。拉塞和玛娅看见，窗户的卷帘是放下的。

教堂钟楼的钟重重地响了十二声。

天空中的乌云渐渐散开，大广场上的人都向身边的人露出了笑脸。其实，每当瓦乐比发生有趣的事情时，大家都希望参与进去。而今天即将发生的这件事，更没人愿意错过。一道阳光洒下，照亮了整个大广场。

玛娅拽了拽拉塞的衣摆。

“快说吧！你刚才在咖啡馆到底发现了什么？”

“嘘！现在开始了。”拉塞微笑着回答，还将食指竖在嘴巴前。

玛娅耸耸肩转过身去，跟大家一样面向芭布鲁·帕尔姆。这位博物馆的馆长正要对着麦克风讲话。

“亲爱的瓦乐比居民们。”芭布鲁郑重地说。

“嘿，芭布鲁！”穆罕默德大喊了一声，还开心地向自己的妻子挥手，“你是最棒的！”

芭布鲁勉强微笑了一下，继续说：“今天，我们相聚在这里——”

“噢！”牧师夹着嗓子说，“平时在教堂里，我也是这样说开场白的。”

芭布鲁瞪了牧师一眼，牧师马上安静下来。

“正如我刚才所说，我们今天聚在这里，是为了延续一项源自中世纪的传统。”

“哇！”牧师欣喜地说，“中世纪！那可是很久以前的事了。”

“今天，我们要一起玩限时国王游戏。”

大广场上的人们欢呼着鼓起掌来。

“我想知道今年被选出来当国王的人会是谁。”拉塞悄悄对玛娅说。

“以下是游戏规则。”芭布鲁说着，从手提袋里取出一张字条，开始念：

1 **如果你想被选为“一天的国王”，请在一张纸条上写下你的姓名以及你建议今天进行的一项活动，**
2 **然后把它放进我脚前面的这个桶里。**

3 芭布鲁说着，指了指摆在她前面的一个红色的桶，然后继续念：

然后，我会闭上眼睛抽出一位获胜者。众所周知，
4 **这位获胜者在接下来的时间里可以决定一切，直到今晚六点教堂的钟声响起。**

5 芭布鲁举起食指做出警告的手势，说：

最重要的是，凡是把自己的提议放进这个桶里的人，就必须参加今天的游戏，即便你提的建议没有被选中。

“大家都明白了吗？”

宾馆

“明白啦！”瓦乐比的居民们大声回答。拉塞和玛娅拿着各自的字条，走过去排队。这时，人们已经在宾馆的台阶前排好了队。

“如果我被选中，所有的瓦乐比居民就要把他们最近见到的可疑情况写下来。”拉塞悄悄对玛娅说。

“如果我被选中，大家就要骑车去古纳尔松的露营地，在那儿游一整天泳。”玛娅说。

现在，轮到吕内·安德松把字条放进那个红色的桶里。他举起自己的字条，对大广场上的所有人说：

“如果我当上‘一天的国王’，所有人就得回家翻箱倒柜，把过去的信件找出来。”

“他想要那些信上的邮票。”玛娅悄悄对拉塞说，拉塞点了点头。

吕内郑重地把自己的字条放进桶里。接着，艾薇·罗斯走上前，也举起自己的字条。

“如果我被选中，我就要所有人看我的卡尔-菲利普看一整天，还要说它特别漂亮。”

现在轮到牧师了。他在那个桶的上方画了一个十字，然后说：

“当我被选中时，我们就要去数一数瓦乐比一共有多少只鸟。”

“‘当我被选中时’，”芭布鲁笑着说，“应该说‘如果我被选中’，”她把自己的字条放进桶里，接着说：

“那样，大家就要听我的一场特别长的讲座——关于四世纪的法语诗歌的。”

接下来，佛朗哥·波罗、警察局长和其他人都把自己的字条放进了那个桶里。

站在队伍最后面的是莎拉·本纳德。她用手扶着腰，把自己的字条放进了那个红色的桶里。她的脸色看起来有些苍白。

“如果我能当一天国王，所有人就要回家去烤一个美味的蛋糕，然后在大广场上办一次蛋糕聚会。”

不过，她说这句话的时候，看起来像是快要吐出来了。

“你现在明白了吗？”拉塞问。

玛娅摇摇头，表示不明白。

“今天的获胜者是——”

当芭布鲁闭着眼睛把手伸进那个红桶里的时候，整个大广场上鸦雀无声。牧师跪在地上祈祷：

“亲爱的上帝，请让我赢吧。”

“依我看，上帝才不在乎抽奖这种事呢。”吕内·安德松哼了一声说。

“上帝当然在乎，”牧师开心地反

驳说，“我们有时候会在教堂里玩宾果游戏。耶稣通常会赢。”

现在，芭布鲁从桶里抽出一张字条，高高地举过头顶。人群里发出一阵喳喳声。芭布鲁展开那张字条，默默地读了一遍纸上的内容。看起来，她非常失望。

“这下我们至少知道，芭布鲁没赢。”玛娅微笑着悄悄对拉塞说。

“换句话说，也不会有法语诗歌讲座了。”拉塞指出。

“获胜者是——”

芭布鲁拖长的声音增加了现场的紧张感。

“快说吧！”牧师夹着嗓子说。

“获胜者是——佛朗哥·波罗！”

众人一致的叹息声席卷了大广场。大家看起来

都失望了。当然，除了瓦乐比的邮差佛朗哥·波罗。

他欢呼着，尖叫声脱口而出。

“终于！我当上了‘一天的国王’！噢！”

“是的，”警察局长说，“佛朗哥，现在你可以为一切做决定了，就在今天，到今晚六点之前。”

“芭布鲁，打开你的手提包！”佛朗哥突然说。

“什么？”

“把你的口红从包里拿出来。”他又说，还用狡猾的目光看着博物馆馆长。

“不行！”芭布鲁说完，把自己的手提包紧紧抱在胸前。

“芭布鲁。”警察

局长说着，严肃地看着她。

芭布鲁不情愿地按照佛朗哥的话做了。

“现在，把你的鼻子涂成小丑的那样。”佛朗哥笑了起来。

芭布鲁不情愿地把自己的鼻子涂成了红色。穆罕默德一下子笑了出来。

“你要把这个红鼻子保留一整天，”佛朗哥对芭布鲁说，“因为我现在当上了‘一天的国王’！”

艾薇·罗斯举起一只手。佛朗哥对她和蔼地点点头。

“国王陛下，这就是你全部的要求吗？”艾薇问，“我是说，你只

要芭布鲁今天有一个红鼻子就可以了吗？”她进一步解释说。

佛朗哥·波罗微笑着摇了摇头。

“艾薇，你应该叫‘国王美乃滋’！”迪诺纠正说。

莎拉赶紧对迪诺耳语了几句，迪诺又难为情地说道：

“抱歉，是我听错了。当然是‘国王陛下’。不过，我们在意大利……的确会说‘国王美乃滋’。”①

这时，大家都半信半疑地望着迪诺·帕尼尼。

“佛朗哥，你做了什么决定？我们今天要做什么？”艾薇继续刚才的话题。

佛朗哥·波罗对大广场上的人们微微一笑。

吕内·安德松生气地瞪了他一眼，咬牙切齿地说：“现在赶紧说吧！”

---

①作者在这里玩了一个文字游戏。在瑞典语里，“陛下”和“美乃滋”发音近似，而迪诺是意大利人，混淆了这两个词。

“我们要一起组建一支叮叮当当乐队！”佛朗哥·波罗欢呼道。

“你说……一支什么？”警察局长问。

“一支叮叮当当乐队。”佛朗哥·波罗重复了一遍，然后又解释说，“所有人都回自己家制造一件属于自己的乐器。”

“一件乐器？”瓦乐比的配镜师伊莲娜·科瓦连科说。

“是的，利用你们家里现有的材料，制造一件能演奏出声音的东西当乐器。比如，用罐子、盒子和绳子。”

“啊哈。”牧师回应了一声，却什么都没明白。

“然后，我们四点在那边的教堂外见面。到时候，我们就一起演奏。”

“荒唐透顶，”吕内·安德松反对说，“能不能让我重新提个建议，我们都回家去找找过去的信和信封——要带邮票的。”

这时，芭布鲁·帕尔姆举起一根手指。

“吕内，别忘了游戏规则。只要参与了抽签，就必须服从国王做出的决定。明白吗？”

“好吧。”吕内哼了一声说。

大广场上的人群逐渐散去。现在，他们每人都要回家制造一件乐器。

拉塞和玛娅留在宾馆的台阶上站了一会儿，谈论他们各自要做什么乐器。

鲁尼的房间里传来了呜咽的声音。

突然，大广场上回荡起警察局长愤怒的声音。

“可恶！太可恶了！”

警察局长朗道夫·拉尔松双手叉腰站在咖啡馆门外，盯着自己停放在这里的自行车。

“出什么事了？”当拉塞和玛娅跑过来的时候，

拉塞大声问。

“你们看！”警察局长一边吼，一边指着自行车。

“前轮不见了。”玛娅说。

“被偷了！”警察局长吼着，“我可以肯定，

我骑车过来的时候前轮还在呢。”

在侦探所的办公室里，拉塞和玛娅找出一些小棍子、橡皮筋，还有一根管子和一个鞋盒。根据玛娅的主意，他们要做一把纸箱吉他。

现在，他们正坐在桌边。

“我想知道是谁把警察局长的自行车前轮偷走了。”拉塞咕哝了一句。

“他刚才都生气了。”玛娅说完，把一根橡皮筋套在了鞋盒上，“佛朗哥·波罗的叮叮当当乐队。”她说着，笑了起来。

“一把吉他有几根琴弦？”拉塞问。

“不知道，也许是十根。”玛娅说着，耸了耸肩。

拉塞又往鞋盒上套了两根橡皮筋。然后，玛娅在橡皮筋和鞋盒之间塞了两根小棍子。

接着，她又试着拨动那几根橡皮筋。

“哈哈！”她笑着说，“这声音太搞笑了。”

“至少它能发出声音，”拉塞笑着看了看表说，

“出发！”

拉塞和玛娅赶去教堂，那儿是大家集合的地方。吕内·安德松已经站在那儿了，他看起来闷闷不乐，手里拿着一个空罐头盒。

“嘿，吕内，”玛娅向他打招呼，“你做了一件什么乐器？”

吕内把罐头盒举起来，摇了几下。罐头盒里发出哗啦啦的声音。

“是黄豌豆，”他解释说，“我做了一个沙锤，

一件节奏性打击乐器。”

拉塞给吕内展示他们做的纸箱吉他，但吕内一点兴趣都没有。

这时，教堂的大门开了，牧师向外瞅了瞅。他拿出一个空的玻璃瓶，然后把瓶口对准嘴巴，吹了起来。

瓶子里传来一种带回音的、深沉的声音。

“一支玻璃瓶笛子，”牧师非常骄傲地解释，“如果往瓶子里倒一点水，就会出现另一种完全不同的声音。上帝创造的奇迹！”

牧师问吕内想不想试试他的笛子，吕内只哼了一声作为回答。

这时候，警察局长来了，他对着一个空的卫生纸的纸筒吹气给大家看。

“唉，我想不出更好的主意了……”他解释说。

突然，警察局长安静下来，目光也沉下来了，因为伊莲娜·科瓦连科正沿着教堂街从远处走来。

她带来了一件奇怪的装置，就挂在她的胸前。

“可恶，真可恶！”警察局长咬牙切齿地说。

伊莲娜用一根带子在脖子上挂了一个自行车的

车轮，手里拿着一对鼓槌。她敲打着车轮上的辐条，车轮发出了非常奇怪的声音。

“以法律的名义，”警察局长大吼一声，“我要逮捕你！伊莲娜·科瓦连科，你偷了我自行车的车轮！”

“不行，不行，不行，”这时候佛朗哥·波罗说，“今天的一切得由我说了算。伊莲娜，你去站在吕内的旁边。”

佛朗哥·波罗身着邮差穿的仪仗队制服，手持一根闪闪发光的指挥杖。警察局长虽不情愿，也只

能安静下来。

“我是仪仗队指挥，”佛朗哥先骄傲地向大家宣布，然后轻轻拍掉肩膀上那些压根儿看不见的灰尘。

“仪仗队指挥？仪仗队指挥是做什么的？”拉塞问。

吕内哼了一声，说：“仪仗队指挥是帮客人挂大衣的人，就是站在宾馆前厅忙活的那种人。”

“胡说，”佛朗哥回应道，“仪仗队指挥就是走在仪仗队乐队最前面的那个人，因为紧跟在他后面的是鼓队，所以也叫‘鼓队少校’。”

玛娅在拉塞腰间戳了一下，又指向穆

罕默德珠宝店的方向。

穆罕默德和芭布鲁推着一辆手推车走来了。芭布鲁的红色小丑鼻子在阳光下亮闪闪的。他们走到教堂前的时候，芭布鲁解释说：

“这是一个反射鼓。”

手推车上，放着一把椅子和一个大塑料桶。

“怎么用呢？”玛娅问。

芭布鲁先露出了得意的笑容，然后让穆罕默德坐在那把椅子上。穆罕默德调整好坐姿。芭布鲁又取出一根小木槌，对准穆罕默德膝盖下面的位置敲了一下。

于是，穆罕默德的小腿向前弹起，脚踢在了塑

料桶上。

“一个反射鼓。”芭布鲁·帕尔姆解释道。教堂外面的人全都愉快地鼓起掌来。

就这样，叮叮当当乐队开始行动了。

拉塞和玛娅轮流弹那把纸箱吉他。

吕内走在队伍的最后，时不时摇一下他的罐头盒。迪诺和莎拉跟在拉塞和玛娅身后，敲击勺子来演奏。迪诺还用手搂着莎拉的肩膀。艾薇·罗斯在小狗卡尔－菲利普的耳朵上挂了两个大铃铛，小狗一动，铃铛就会当当响。

走在最前面的是佛朗哥·波罗。为了让乐队保持统一的节奏，他把指挥杖举到空中挥舞，指挥杖在阳光下闪闪发光。时不时地，还能听见芭布鲁和穆罕默德的反射鼓发出“咚”的一声。

叮叮当当乐队沿着教堂街向前走，到了大广场向左侧走去。

拉塞和玛娅看见，鲁尼·哈瑟伍德房间的窗户里，卷帘依然是放下的。

“保持节奏！”佛朗哥·波罗在最前面大吼一声。

接下来，他们走到商人街，然后从消防站左转，上了横街。

路过监狱的时候，他们看见犯人们正从窗户里

向外看他们呢。

最后，他们又回到大广场。全体乐队成员站在宾馆的门前。

玛娅看了看鲁尼房间那扇放下卷帘的窗户。然后，她有了一个主意。她先对着拉塞的耳朵悄悄说了几句话，然后突然尖叫一声：

“向鲁尼致以四声欢呼！鲁尼万岁！”

“鲁尼万岁！鲁尼万岁！鲁尼万岁！鲁尼万岁！”叮叮当当乐队的全体成员一起喊道。

这时，大家都看向宾馆里鲁尼房间的那扇窗户。最后，窗户里的卷帘终于升了起来。

鲁尼打开窗户，两眼哭得通红，看向窗外。瓦乐比的人都知道他为什么难过。佛朗哥·波罗瞟了一眼教堂的钟楼，看见再过十分钟就六点了。

“既然我当国王的时间还剩十分钟，那么我决定——”

叮叮当当乐队的全体成员都紧张地听着。

“艾薇·罗斯要学她的小狗卡尔－菲利普那样汪汪叫几声。”

艾薇·罗斯先惊讶地看了看佛朗哥，然后便又吼又叫起来。

“咯噜噜，汪汪！汪汪！”

叮叮当当乐队的成员被艾薇·罗斯的模仿逗得哈哈大笑。然后，他们又看向鲁尼。

鲁尼却只是沉重地叹了一口气，准备再次把窗户关上。

“鲁尼，等一下！”佛朗哥大喊一声，又看了看教堂的钟表，“还有五分钟！现在我决定——”

“我们不能赶紧结束这件蠢事吗?！”吕内·安德松凶巴巴地说。

“由警察局长跳一段芭蕾舞。”

“什么？不要吧……”

这时，佛朗哥·波罗指向教堂钟楼上的钟表，上面显示他还有几分钟做决定的权力。接着，佛朗哥又举起那根亮闪闪的指挥杖，开始为自己这支乐队数拍子：

“噢一，噢二，噢一二三四！”

乐队开始演奏，警察局长犹犹豫豫地将手臂举

过头顶。

然后，他旋转着跳向了大广场。

“警察局长太棒了！”拉塞大声喊道。

过了一会儿，警察局长跳完了那段舞蹈。他大汗淋漓、满脸通红地说：

“我说，这真是太好玩了！”

不过，当大家再次看向鲁尼的时候，他仍然像之前那样不开心。

“亲爱的朋友们，谢谢，”他抽泣着说，“我知道你们想鼓励我，但这一天，是并且一直会是一个悲伤的日子。”

鲁尼用一张手帕擤了擤鼻涕，又准备把窗户关上。可就在这时，迪诺突然说话了：

“既然大家都在这儿，我正好趁这个机会——”

“什么？”芭布鲁·帕尔姆好奇地问。

迪诺看看莎拉，她点了点头。

“我们俩怀孕了！”迪诺欢呼道。

“迪诺，你怀孕了吗？”牧师惊讶地问，“简直是上帝创造的奇迹。”

“迪诺想说的是……”莎拉赶紧解释，又用手摸了摸肚子。

“噢！”玛娅小声对拉塞说，“我真是太笨了！拉塞，你可是一眼就看出来了！”

P&B

“我们俩快要有一个孩子了！”莎拉·本纳德神采奕奕地说。

“哇！”鲁尼·哈瑟伍德大叫一声，脸上终于露出了微笑。“太好了！我还以为没有任何事能让我开心呢。可是这件事——一个新生的小瓦乐比人——太棒了！”

这时，佛朗哥·波罗再次举起指挥杖，叮叮当当乐队的全体成员一边演奏一边歌唱：

“今天我们祝贺，我们祝贺，我们祝贺迪诺和莎拉！”

在所有人里，歌声最嘹亮的就是站在自家窗口的鲁尼·哈瑟伍德。

在歌曲的结尾，芭布鲁用小木槌敲了一下穆罕默德的膝盖下方。反射鼓发出“咚”的一声。

瓦乐比侦探赛

参与问答竞赛，来测试一下你的瓦乐比侦探赛有多少！

1 世界知名时装设计师让－皮埃尔来瓦乐比的时候带了一只宠物。是什么？

1. 一只喜欢首饰的松鼠
2. 一条喜欢奶酪的狼狗
3. 一只喜欢虾的猫

2 有一位明星侦探曾经来过瓦乐比。此人叫什么名字？

1. 夏洛克·夏克
2. 皮麦·略克
3. 托尔克尔·诺特

3 一个虚构（就是编的）人物曾经出现在瓦乐比的游泳馆里。是哪个人物？

1. 复活节兔
2. 圣诞老人
3. 唐老鸭

4 如果芭布鲁当上了“一天的国王”，瓦乐比的居民们会听到什么？

1. 一场关于四世纪的法语诗歌讲座

2. 一场创作于十七世纪的意大利歌剧

3. 一首关于八世纪拜占庭艺术的说唱歌

5 有一次，瓦乐比居民在“爱之节”举办了一场舞蹈比赛。当时，穆罕默德·卡洛特为世界上的孩子捐了款，每次捐五克朗，条件是每当有人做了一件事时。是什么事呢？

1. 跳一支探戈舞

2. 亲吻一下

3. 跳一支贴面舞

6 当时协助舞蹈比赛工作的舞蹈老师艾芭和拉蒙住在什么地方？

1. 停在学校院子的一辆房车里
2. 搭在游泳馆后的一个马戏表演的帐篷里
3. 停靠在港口的一艘船上

7 玛娅要阻止拉蒙和艾芭离开瓦乐比。为了吸引他们俩的注意，玛娅做了什么？

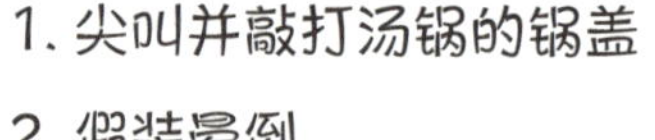

1. 尖叫并敲打汤锅的锅盖
2. 假装晕倒
3. 吹口哨并跳了一支舞

8 瓦乐比教堂曾经遭受过破坏。有人把癞蛤蟆和蚂蚁放进教堂，还用某样东西替换了《圣经》，那样东西是什么呢？

1. 一本八卦杂志
2. 一本电话号码簿
3. 一本鲁尼·哈瑟伍德的诗集

9 教堂里的耶稣雕像也被破坏了。发生了什么事？

1. 有人给耶稣雕像穿了一条游泳裤
2. 有人给耶稣雕像戴了一顶派对帽
3. 有人给耶稣雕像的脚指甲刷了指甲油

10 教堂里的这桩谜案是由拉塞和玛娅破解的，警察局长当时有点犯糊涂。为什么呢？

1. 因为邻居在家办派对，警察局长没睡好
2. 他很生气，因为他当时和吕内·安德松有矛盾
3. 他当时爱上了那个罪犯

11 以下哪样东西是一位主教在布道时不会用到的？

1. 主教牧杖
2. 主教帽
3. 莫卡辛软皮鞋

12 冬天，人们会在瓦乐比造一个滑冰场。莎拉和迪诺在那里滑冰的时候发生了什么？

1. 莎拉和牧师相撞，莎拉摔断了腿
2. 迪诺展示了他的花样滑冰才能并获得了大家的掌声
3. 莎拉和迪诺开始吵架并分手了

13 洛夫·科恩哈马是在瓦乐比医院工作的管理员。他的房间里有一样少见的东西，那是什么？

1. 来自里奥电影院的爆米花机
2. 火车模型用的火车轨道
3. 装得满满的几袋钱

14 在瓦乐比，以下哪个地方没有发生过需要拉塞和玛娅破解的谜案？

1. 理发店
2. 宠物店
3. 超市

15 在瓦乐比，谁是那个臭名昭著的抢劫犯罗伯特的妈妈？

1. 弗朗丝 · 维克
2. 乌拉 · 本纳德
3. 艾薇 · 罗斯

正确答案在第 90 页。

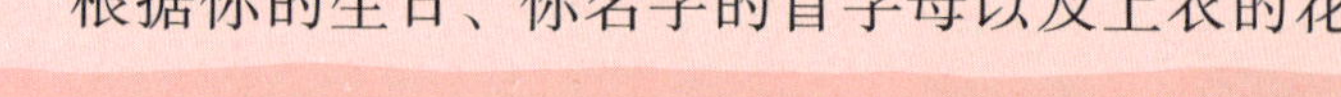

找出你自己的侦探名

根据你的生日、你名字的首字母以及上衣的花色，找出你的侦探名是什么！

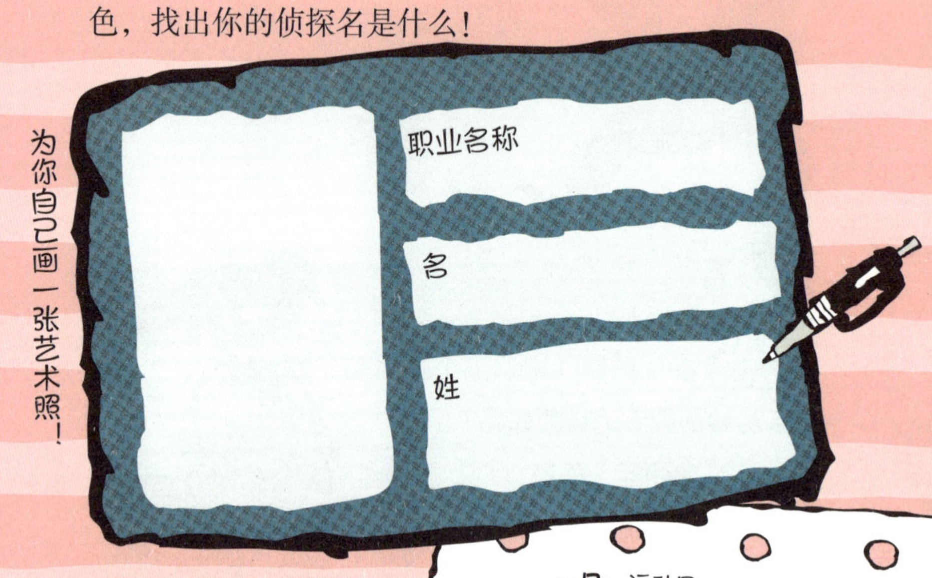

1. 职业名称

你出生在几月？

一月：运动员
二月：歌唱家
三月：画家
四月：教师
五月：医生
六月：建筑师
七月：飞行员
八月：导游
九月：水手
十月：商人
十一月：考古学家
十二月：记者

2. 名

你名字的首字母是什么？

A：格林
B：玛吉克
C：布莱克
D：怀尔特
E：完美
F：鲍威尔
G：平克
H：罗德
J：发特
K：拜德
L：波普
M：麦嘉
N：拉尔斯－奥凯
O：放克
P：庞克
Q：格利特
R：弗拉菲
S：斯维特
T：哈特
W：尼特
X：塞姆拉
Y：米达斯
Z：欧米伽

3. 姓

你今天穿的上衣是什么花色的？

黑色：可可纳特
白色：安吉尔
黄色：比萨
褐色：艾勒芬特
紫色：罗勒
绿色：波普科恩
蓝色：斯达尔
蓝绿色：迪亚蒙特
红色：乐贝尔
橘色：雷蒙纳
米色：朱斯
粉色：弗拉弗
灰色：雷舍
小圆点：弗莱士
条纹：提格尔

我不叫玛娅，我是“考古学家麦嘉·斯达尔”！

选择你的舞台服装

给你最喜欢的服装上色！

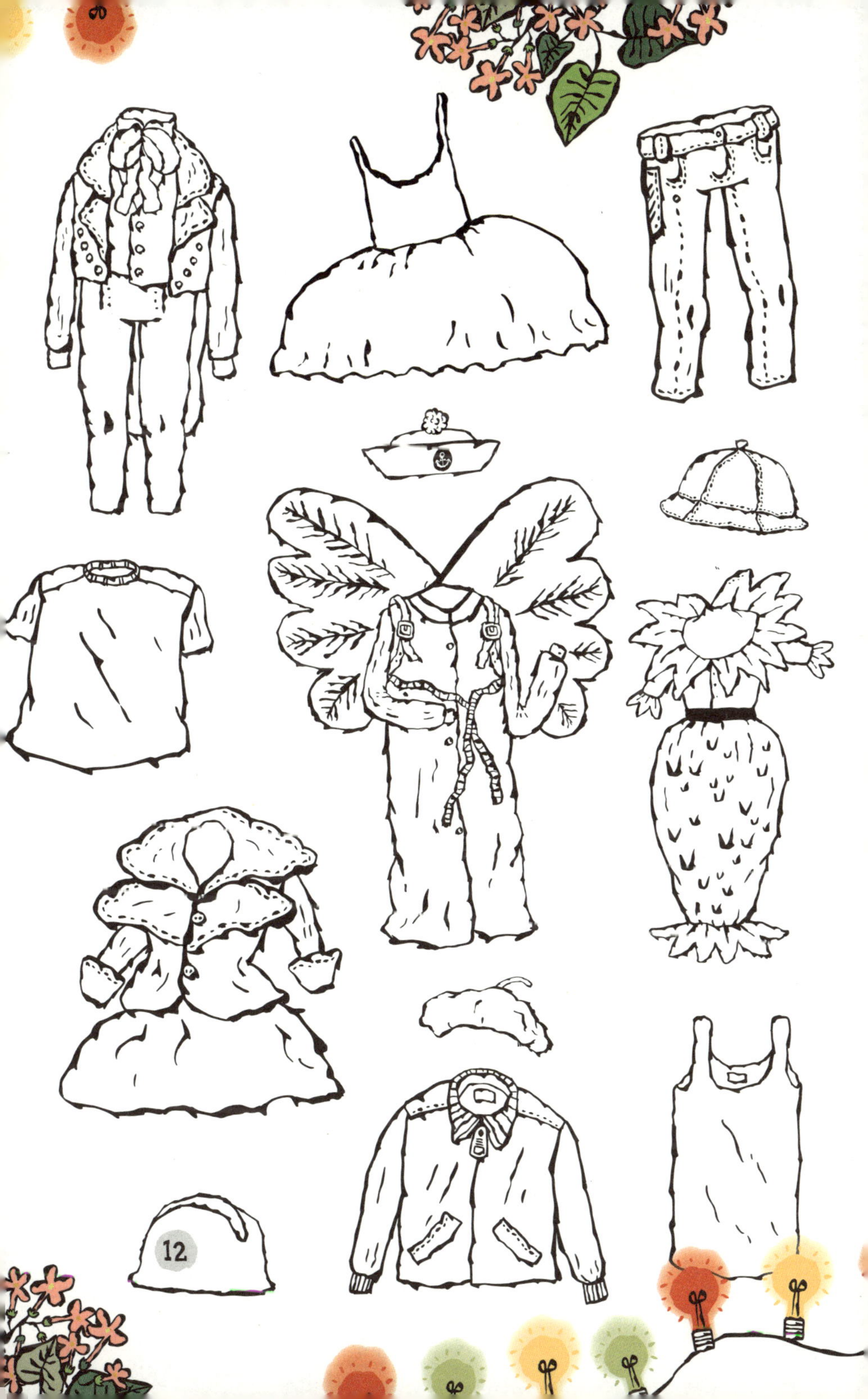
12

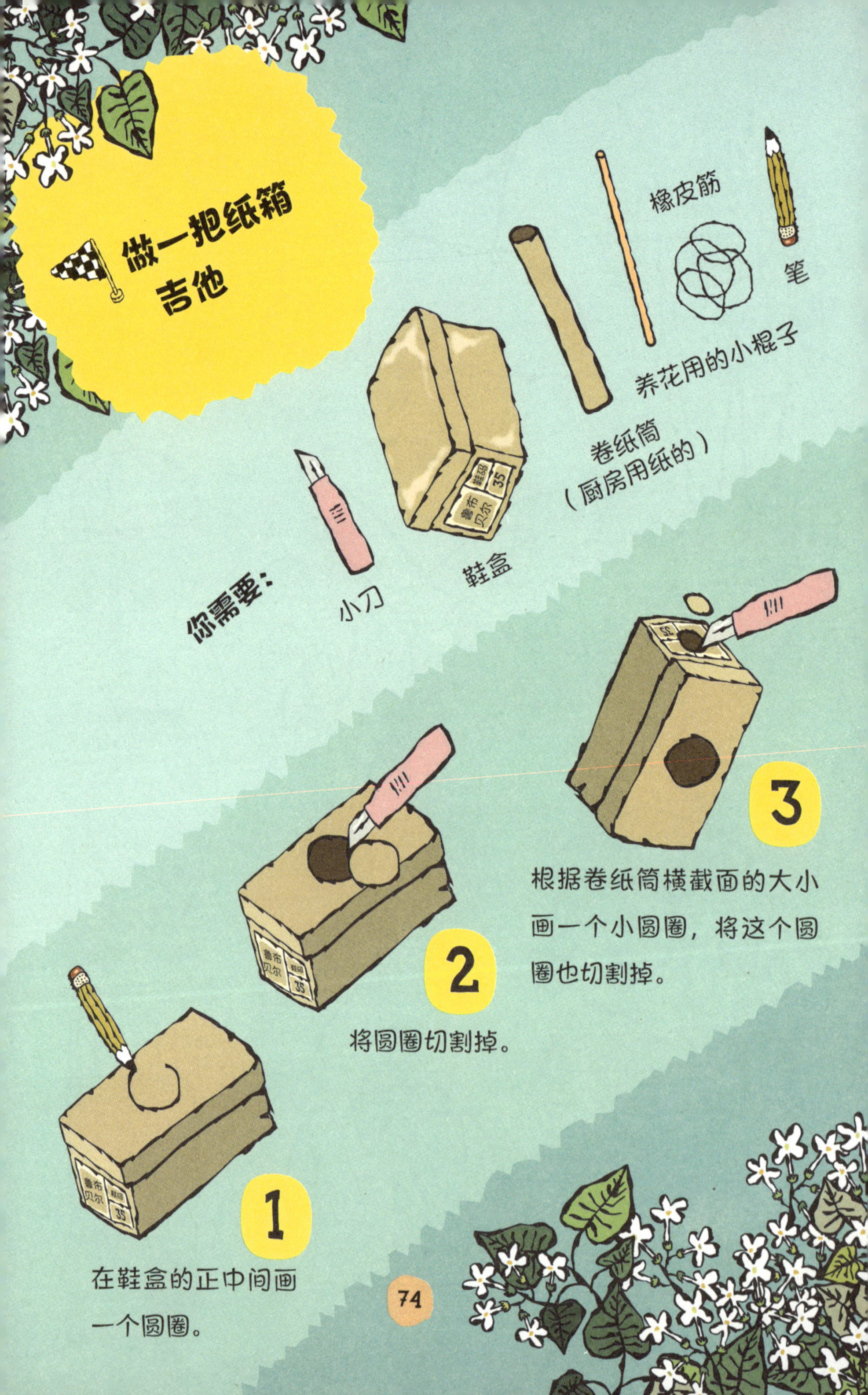
做一把纸箱吉他
你需要：
小刀
鞋盒
卷纸筒
（厨房用纸的）
养花用的小棍子
橡皮筋
笔
1
在鞋盒的正中间画一个圆圈。
2
将圆圈切割掉。
3
根据卷纸筒横截面的大小画一个小圆圈，将这个圆圈也切割掉。

4

把卷纸筒插进小圆洞里固定。

5

将橡皮筋套在盒子上。这些橡皮筋还有把盒盖固定在盒子上的作用。

6

将小棍子插到橡皮筋下面。

小贴士：如果你的橡皮筋不够长，换方向套在鞋盒上也没问题。

7

弹琴吧！

补全这些歌词

瓦乐比居民们唱的这些歌的歌词里缺少一些词语。把每段歌词里缺少的词语找出来，写到横线上。

小星星　圆月亮　铃儿

铃铛　天　地　光芒

星光　手　脚

B

叮叮当，叮叮当，____响叮当。

C

旧日朋友岂能相忘，友谊____久____长。

游戏规划：

一个人播放音乐，大家开始跳舞。音乐一暂停，所有人必须一动不动地稳稳站住，动的人被淘汰出局。反复播放和暂停音乐几次，最后一个未出局的人即为获胜者。

鲁尼的节奏方格

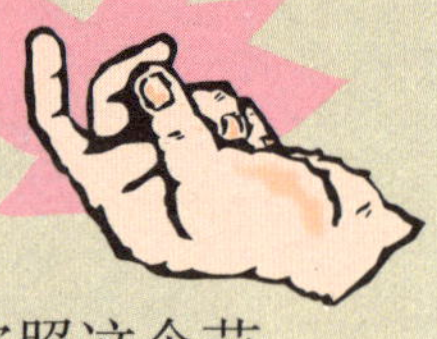

确定一种合适的节奏，按照这个节奏发出声音。当你完成某种颜色的最后一格时，立刻返回该颜色的第一格，保持相同的节奏循环再来一轮。

节奏方格 **A** 从这里开始玩。

最简单的方法是两人或多人同时玩，但是也可以独自玩这两排节奏方格。

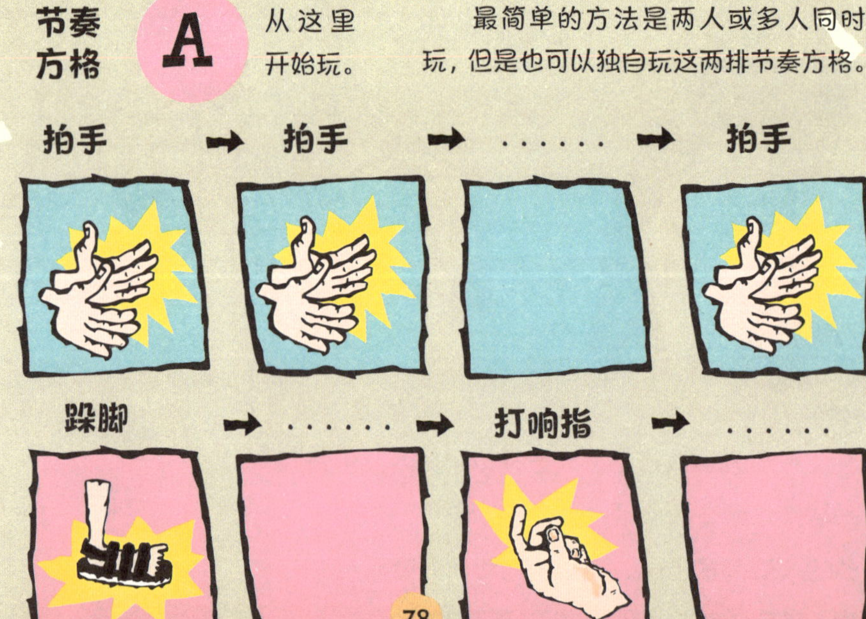

节奏方格 C

在此处自己设计一段节奏。

如果你想做一段更长的节奏，就在另一张纸上多画一些方格。

节奏方格 B

然后再试试这样玩！

完成节奏方格 A，然后直接跳到节奏方格 B。

然后这样：A-B-A-B

巡演大巴车装车清单

- □ 电吉他
- □ 木吉他
- □ 王冠
- □ 麦克风
- □ 扩音喇叭
- □ 吉他扩音器
- □ 纸箱吉他
- □ 木琴（及琴槌）
- □ 游泳圈
- □ 小号
- □ 睡袋
- □ 游泳充气球
- □ 牙膏

巡回演出所需的一切都在这里了吗？

波罗
乐队
豌豆汤

要完成巡演，电够用吗？

巡演大巴是一辆电动车，车内安装的电池只够走 11 站（一个黑色圆圈是一站）。你们要如何安排才能用一块电池的蓄电量抵达所有城市并回到瓦乐比呢？

1. 瓦乐比……………………
2. ……………………
3. ……………………
4. ……………………
5. ……………………
6. ……………………

起点和终点
都是这里！
玛娅布达
瓦乐比
比瓦乐
拉塞布
55
83

一位参与者
从这里开始
波罗
乐队

1 你们各自从一头开始玩。年龄小的先开始。

2 将你的拇指和小指同时放在第一个琴键上，扔骰子。根据骰子显示的数字，将拇指或小指中的一根手指向前挪，黑、白琴键都要计算在步数内。另一根手指仍留在第一个琴键上。接下来，由另一位参与者从另一头完成相同的步骤。

3 这一轮你要再扔一次骰子，并再次挪动一根手指。也许可以挪动后面那根手指，否则可能会出现后面的手指够不到琴键的情况。

4 如果你的手指落在一个琴键上，而你的对手已经有一根手指按在这个琴键上，那么你的对手就不能在你离开之前把手指从这个琴键上挪走。

5 如果你的两根手指同时按在两个黑色琴键上，它们就可以同时向前跳一步到最近的两个白色琴键上。

6 首先将两根手指移到钢琴键盘另一头的参与者获胜。最后两次掷骰子的点数，不需要与手指抵达最后一个琴键所需步数完全一致（可大于所需步数）。

钢琴游戏

两位参与者，

一个骰子！

巡演填字游戏

佛朗哥·波罗带来了一个需要智慧的填字游戏，正适合在巡演大巴上玩。

在方格中的这些字里，你能找出哪几对反义字？

蓝色方格里的字再加上哪个字可以得到一个成语？

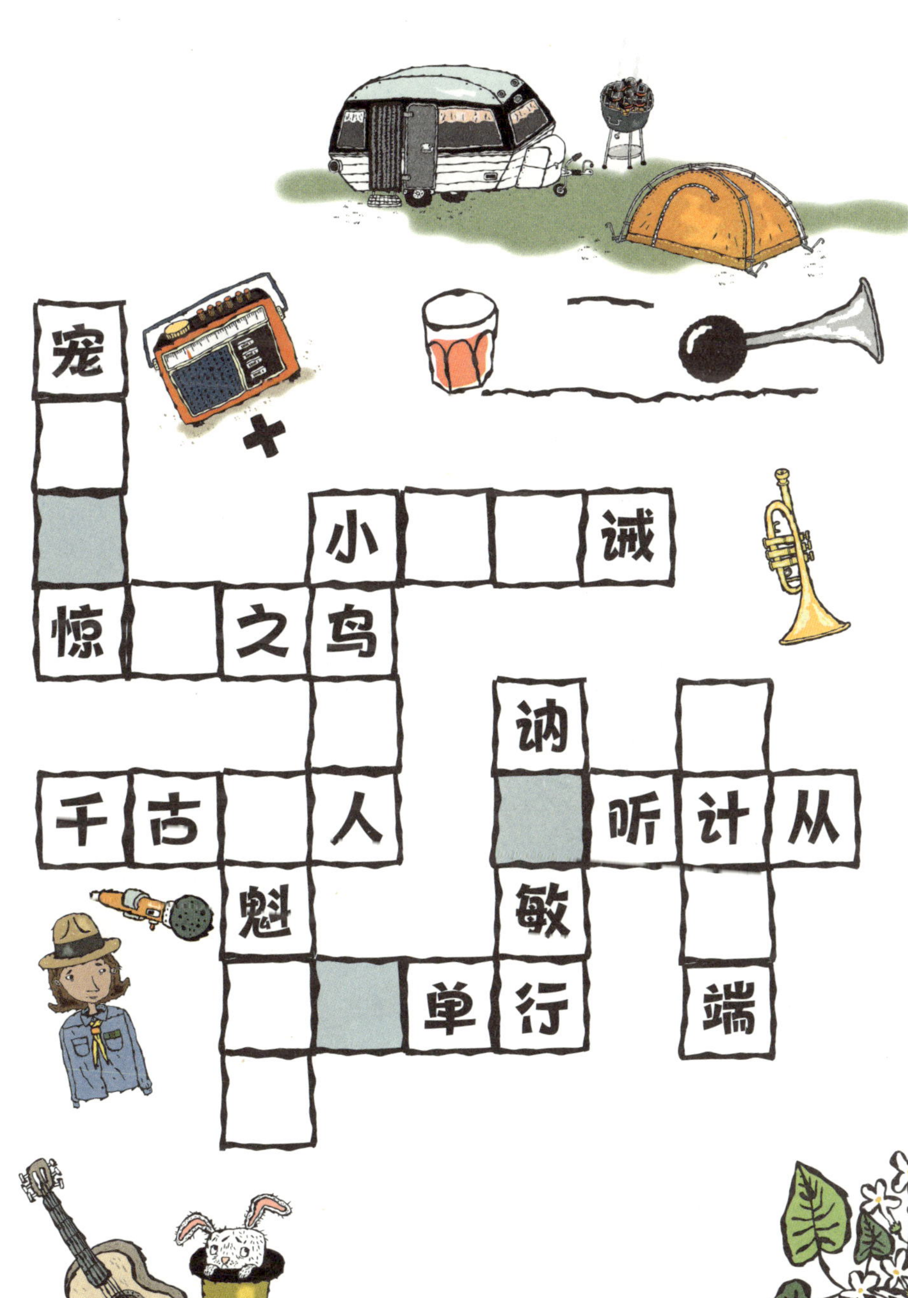
宠
小
诚
惊
之
鸟
讷
千
古
人
听
计
从
魁
敏
单
行
端

佛朗哥的清爽混合饮料

（它在西班牙语中被称为“淡水”。）

西瓜

青柠檬汁

草莓

蔗糖

薄荷叶

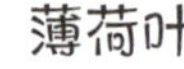

水

终于结束巡演回家了！
现在需要点好吃好喝的。

将所有原料打碎混合

饮用时加冰

佛朗哥的
乐队点心
首先将杏干均匀打碎，然后
倒入其他配料，打碎搅拌。
杏仁
杏干
食用油
盐
姜饼调料
姜饼调料
柠檬汁
开
关
燕麦片
燕麦片
椰丝
椰丝
先将混合好的原料搓成小
球，再蘸更多椰丝。
在冰箱静置 1 小时……
然后就可以吃啦！

答案

瓦乐比侦探赛

64—69 页

1-3　　6-1　　11-3

2-3　　7-3　　12-1

3-2　　8-2　　13-2

4-1　　9-1　　14-1

5-2　　10-3　　15-1

（第 1 题见《时尚谜案》，第 2 题见《侦探谜案》，第 3 题见《游泳馆谜案》，第 4 题见本册，第 5—7 题见《爱的谜案》，第 8—11 题见《教堂谜案》，第 12—13 题见《医院谜案》，第 14 题见《宠物店谜案》《藏红花谜案》，第 15 题见《藏红花谜案》）

补全这些歌词

76—77 页

A：小星星　B：铃儿

C：地　天　D：光芒

E：手

巡演大巴车装车清单

80—81 页

巡回演出所需的一切都在这里了吗？

正确答案：在。

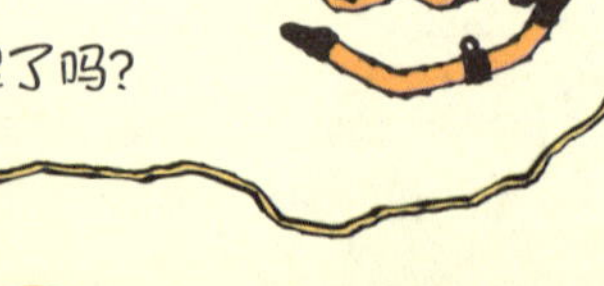
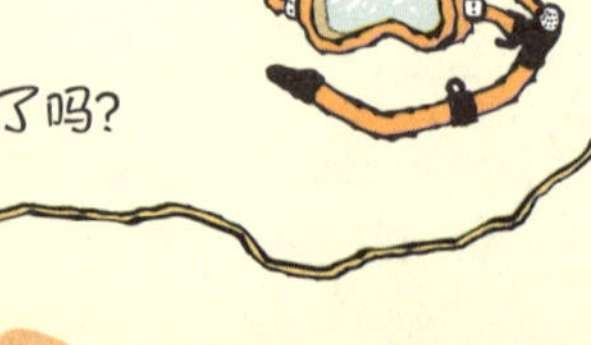
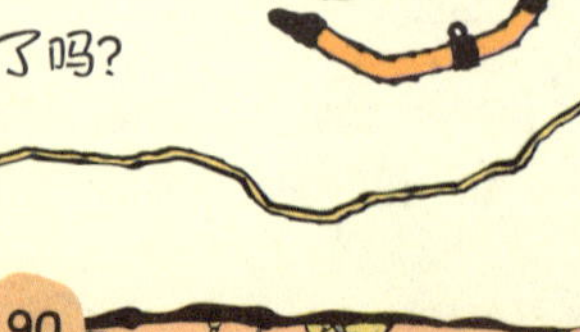

要完成巡演，电够用吗？

82—83 页

如果你们按照这个顺序去所有的城市，电池的蓄电量就够用。

答案一：	答案二：
1. 瓦乐比	1. 瓦乐比
2. 玛娅布达	2. 比瓦乐
3. 比瓦乐	3. 拉塞布
4. 拉塞布	4. 比瓦乐
5. 比瓦乐	5. 玛娅布达
6. 瓦乐比	6. 瓦乐比

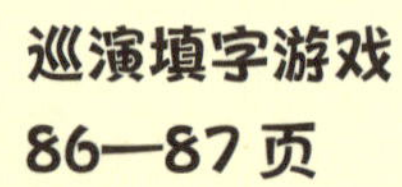

巡演填字游戏

86—87 页

反义字：宠一辱，大一小

蓝色方格里的字再加上“语”可以得到成语“不言不语”。

宠								
辱								
不			小	惩	大	诫		
惊	弓	之	鸟					
			依		讷		诡	
千	古	罪	人		言	听	计	从
		魁			敏		多	
		祸	不	单	行		端	
		首						

著作权合同登记号：图字 18-2023-134

图书在版编目（CIP）数据

拉塞 - 玛娅侦探所：实践版．限时国王游戏 /（瑞典）马丁·维德马克著；（瑞典）海伦娜·威利斯绘；张可译．-- 长沙：湖南文艺出版社，2023.9（2024.7 重印）
ISBN 978-7-5726-1274-9

Ⅰ．①拉… Ⅱ．①马… ②海… ③张… Ⅲ．①儿童小说—侦探小说—瑞典—现代 Ⅳ．① I532.84

中国国家版本馆 CIP 数据核字（2023）第 121239 号

上架建议：儿童文学

LASAI-MAYA ZHENTAN SUO SHIJIAN BAN XIANSHI GUOWANG YOUXI
拉塞 - 玛娅侦探所 实践版 限时国王游戏

著　　者：［瑞典］马丁·维德马克
绘　　者：［瑞典］海伦娜·威利斯
译　　者：张　可
出 版 人：陈新文
责任编辑：张子霏
监　　制：李　炜　张苗苗　文赛峰
策划编辑：文赛峰
特约编辑：丁　玥　焦玲玲
营销支持：付　佳　杨　朔　周　然
版权支持：王媛媛　刘子一
封面设计：梁秋晨
版式设计：李　洁
版式排版：李　洁
出　　版：湖南文艺出版社
（长沙市雨花区东二环一段 508 号 邮编：410014）
网　　址：www.hnwy.net
印　　刷：三河市中晟雅豪印务有限公司
经　　销：新华书店
开　　本：875 mm × 1230 mm 1/32
字　　数：41 千字
印　　张：3
版　　次：2023 年 9 月第 1 版
印　　次：2024 年 7 月第 2 次印刷
书　　号：ISBN 978-7-5726-1274-9
定　　价：128.00 元（全 6 册）

若有质量问题，请致电质量监督电话：010-59096394
团购电话：010-59320018